양봉 일지

실천문학 시인선 050

양봉 일지

이종만 시집

실천문학사

제1부

제2부

제3부

제4부

제1부

양봉 일지 1
─꿀벌 치기

나는 꿀벌치기이다
꽃 따라 전국을 떠도는 양봉옹養蜂翁

4월엔 유채꽃 노랗게 물든 제주 바닷가로
5월엔 아까시 꽃 흐드러진 담양 병풍산에서
6월엔 때죽나무 꽃 알알이 핀 통영 사랑도

비닐 천막에서 밤하늘의 별을 보며
산새들과 잠이 들어도
세상 어느 것 하나 부러울 게 없는
나는 꿀벌치기이다

7월엔 밤꽃으로 수놓은 단양 흰봉산으로
8월엔 싸리꽃 낭창거리는 고성 건봉산 기슭에서
9월엔 들국화 향기 그윽한 여주 남한강 변邊

사십 평생 전국 산야를 떠돌아다니며

지도 같은 주름을 얼굴에 새기고

꽃 따라 웃는

나는 꿀벌치기이다

양봉 일지2
-저승사자

강원도 외진 산골에서 벌을 치던 때였다
차편도 없는 봉장을 향해
여름 불볕 속을 걸어가고 있었다

아무도 가지 않는 비포장 길,

검은 자동차 한 대가
내 앞에 멈춰 서더니 가는 곳까지 데려다주겠노라 했다
웬 떡이냐, 하고 차에 올라탄 순간
나는 두려웠다
저승으로 데리고 갈 사람을 못 만나
허탕 치고 돌아가는 저승사자가 아닌가, 하고 말이다

검은 옷 검은 수염의 사내,

외모를 보고 놀란 나는
봉장을 도착할 때까지 두려움에 떨어야 했다

그러나 기우와는 달리

운전자는 길옆 봉장에 나를 친절히 내려주고

산속 막다른 길을 향해

유유히 사라졌다

양봉 일지3
-푸른 도심

나는 산속 도심에 살고 있다

산골짜기 물소리 요란하고
벌들은 바쁘다

꽃산으로 날아가 꿀을 따오는
벌들의 분망이
황홀한 웃음을 선사한다

나물들은 단지를 이루며 돋아나고
뒤를 돌아보면
길거리에서 우연히 만난 친구처럼
산은 정답게 다가온다

커피보다
샘물 한 모금이
나를 고요하게 하는 산속엔

그 흔한 건널목도
도심 속의 긴장도 없다

산속을 쏘다니다가
안방처럼 넓적한 바위에 앉아
미소를 머금고
나는 이름 모를 꽃을 바라본다

양봉 일지4
-경호원

합천 초계 외진 산골
무덤 사이에 묵정밭 하나 있다

아카시아 꽃 산을 향해
벌통들을 줄지어 놓았다

나의 벗이라곤
윙윙거리는 벌들과 발바리 두 마리,
꽃 속에 파묻힌 나는
쓸쓸하지 않다

앞산 그늘이 커튼처럼 쳐지고
무덤 문 여는 소리가 들려오는 시간
온종일 봉장 어귀를 짖어대며
쏘다니던 개들이
꼬리를 내리고 텐트 앞으로 쫓기듯 모여든다

밤바람 소리로

서로의 안부를 주고받는 무덤들

내 머리맡을 밀착 경호해 주고 있으니

나는 두 다리를 뻗고 잠이 든다

양봉 일지5
-코로나19

오랜 지인이
벌 한 통을 치겠다고 애원한다

밀원도 없는 도시에서 키우겠다고,
집집마다 가꾸는 화단
벌들이 따오는 사랑 이야기를 듣겠다고 한다
벌들이 알려주는 이야기는
죄가 되지 않는다고 한다

코로나가 창궐한 세상,
사람들이 오가는 것을 두려워하고 있으니
설령, 벌들이 혼란스런 세상 이야기를 들려주어
슬픔이 쌓일지라도
사랑하며 살아가는 이야기만
달달하게 듣겠다고 한다

양봉 일지6
-꽃밭

나의 노래가 꽃으로 피어난다
한 무더기 한 무더기
향기를 퍼뜨리고 있다

야외로 놀러온 사람들
옹기종기 모여 꽃밭으로 피어나고
팔짱을 끼고 걸어가는 연인들도
저마다 향기를 품어내고 있다

이 모든 게
꽃밭처럼 보이는 오후

나는 벌통을 줄지어 배봉을 한다

한 철,
봄날의 꽃들은 시들지 않는다

벌들이 날아드는 꽃들 속엔
사랑의 속삭임이 꿀처럼 고여 있다

양봉 일지7
-보위부

삼팔선 가까운 강원도로 벌 치러 갔다

먹을거리를 구하러
버스를 타고 시장으로 갔는데
상인들은 억센 경상도 사투리를 듣고
경계를 풀지 않았다
호박과 가지를 살 때마다
나는 북한 땅으로 잘못 들어간
어젯밤 꿈길이 어른거려
고향으로 돌아갈 길이 막막하게 느껴졌다

손에 든 비닐봉지가 무거운 길,
발을 헛디딘 나를 향해
오토바이가 보위부처럼 쫓아오듯 돌진하고
그 순간,
부모 형제의 얼굴이 떠올랐다

양봉 일지8
-벌 한 마리

한 연주자가
야외에서 바이올린을 켜고 있다

그 사이,
벌 한 마리가 악보를 가리며 윙윙거렸다

두려운 기색으로 악보를 더듬는
연주자의 음악이 위태로이 들렸다

나는 벌 치는 사람,

연주자 의자 뒤쪽으로 조용히 다가가
벌을 멀리 쫓아내 줬다

그동안 벌 치며 살아온 생이 자랑스러웠다

양봉 일지9
-섬 하나

섬 하나랑, 나는
사랑을 하고 있다

썰물 지면
모습을 드러내는 갯바위,
그 위에 앉은 갈매기도
섬에 딸린 식구다

제철마다 피어나는 꽃 따라
꿀벌을 치고
옹기종기 모인 소나무들은
봉우리 하나 우뚝 받들고 있다

사람들의 마음을 돌고 돌아
섬으로 건너온 나는
아홉 이랑,
아니 아흔아홉 이랑의 텃밭을 가꾸며

꿀벌을 친다

수평선 안쪽
푸른 거울 속의 내 모습이
섬 하나로 떠 있다

양봉 일지10
-박사 학위

산속의 새 노래 들으며 받는
박사 학위는 세상 어디에도 없지만
꽃 노래 부르며 구름으로 취득하는
학위 하나쯤 있었으면 좋겠다

길모퉁이에서 펄럭거리는
박사 학위 플래카드를 볼 때마다
산속에서 벌치기 하나로만
사십여 년 외길인생을 걸어온 나에게도
박사 학위 하나쯤은 받아도 괜찮겠다고 생각했다

벌들과 함께 꿀을 따서 완성한
표절 한 자 없는 나의 꿀벌 박사 논문

꽃피는 봄날,
지도교수인 햇살과 바람이
나에게 박사 학위를 수여하고 있다

양봉 일지11
-처방전

봄날,

동백꽃 속에 고인 달콤한 꿀을 따러
꿀벌들이 꽃봉오리를 들락거린다

꽃봉오리마다 조제하는
꿀벌 약사들의 수고,

세상은 벌꿀 한 첩으로
봄 몸살을 거뜬히 이기고
아름다워진다

양봉 일지 12
-학과 벌

언제부턴가
학이 나의 양봉장 주변에 둥지를 틀기 시작했다

먼 곳으로 날아갔다 다시 돌아오기를 몇 해,
나는 학이 날아올 때마다
경이로운 마음으로 바라본다

학은 불룩한 배로 돌아와 새끼를 낳고
하늘을 향해 두 날개를 펼쳐
새끼들에게
노래와 춤을 가르쳐 준다

벌통 속의 벌들도
학을 따라 이른 아침 꽃밭으로 날아가
돌아올 때면
배 한가득 꽃소식을 안고 온다

벌집의 꿀은 그득히 차오르고,
기쁨에 못 이겨 손뼉을 치는 산골

학이 날아오고 있다
벌들도 떼 지어 날아오고 있다

양봉 일지 13
-벌의 눈물

제주도 유채 밭을 건너와
지리산에 이른 꽃은
꿀벌들을 데리고 백두대간을 따라 북상한다

한라산, 지리산, 소백산, 치악산은
차례차례 꽃을 피우고
진달래꽃, 아까시꽃, 싸리꽃과 밤꽃이
만개한 자리에 벌들은 분주하다

꽃으로 까무러친 산들의 혈 자리에
벌통을 놓으면
기지개를 켜는 산의 향기가 그윽하다

향기가 머문 자리에 고인 꿀,
봄의 등허리가 흘린 땀이다

월북하는 봄을 떠나보낸 벌들

뒷다리 가득
꽃가루를 안고 푸른 하늘을 바라본다

사람들은
꿀벌의 눈물을 달다고 한다

양봉 일지14
  -보름달

벌 치던 곳곳의 산들이
마음속에서 환한 공이 되어 뒹굴었다
흠 없이 부풀어진 공
제주도 유채꽃밭으로 골인을 시켰다

이별이 흔한 세상이지만
저 하늘에 뜬 공은
스스럼없이 나에게로 굴러왔다

강원도 어느 외진 산골마을
십 리 바깥쯤 텐트 속
보름달 밤에 울던 새 울음과
독수리 침 같은 빗방울이 쏟아져 내려
아카시아 꽃잎을 후드득 떨구던 날들이 생각난다

나는 마음속의 공을
하늘 높이 발로 차 날려주었다

공은 보름달이 되어 밤하늘에 두둥실 떴다

세상을 환하게 비추었다

양봉 일지15
 -모래 꽃

바다에 썰물이 진다

수만 번 파도의 고통으로
피어나는 모래 꽃밭

파도는 망망대해 신명을 뒤따르며
다시 밀물져 오고
만발하던 꽃들은 시들어 간다

그대와 함께 거닐던 발자국도
모두 지워진 사이

눈먼 벌들이
모래 꽃밭으로 날아 간다

나는 해변에 앉아
젖지 않은 모래 꽃잎 한 송이를 움켜 쥔다

저 멀리,
파도가 밀려오고 있다

제2부

황금 발톱

햇살의 발톱을 깎는다
잘린 발톱에서
다시 황금색 발톱이 뻗어 나온다
깎아도 돌아서면
어느새 돋아나는 황금 발톱은
어디로 뻗어나갈까

태양 아래,
사랑하는 사람의 눈동자가 반짝거리니
햇살의 발톱만 깎아도
한 됫박쯤 금덩이를 모을 수 있겠다

햇살의 발톱을 깎는 것은
눈부신 일이라
한 됫박의 황금 발톱을 깎으면
한 됫박의 황금 발톱이 사라진다

햇살의 발톱을 깎다 지쳐
여름날 흘러가는 강물을 바라본다

태양도
여름의 모서리를 깎아내고 있다

강물 위에 수북이 쌓인
빛나는 발톱들
강물은
황금 발톱으로 꽃밭을 이루었다

깎인 모서리가 욱신거렸다

돌팔매질

코끼리는
여행길에서 지칠 때마다
모래밭을 발로 헤쳐
아무도 모르게 코로 돌을 주워 먹는다

돌을 넘길 때면
육중해지고 힘이 솟는 코끼리

사자가 달아나고
하마가 도망친다

바위가 굴러오는 듯한
진동과 덩치 때문이다

동물원에서
돌 하나 주워 먹지 못하는 코끼리,

그 코끼리가 안타까워
나는 주머니에 돌을 넣고 갔지만
돌팔매질을 한다는 오해가 두려워
그냥 돌아왔다

진주 터미널에서

나는 빚진 자였다
빚을 지고 막노동을 하였다

나의 계절은 언제나 겨울이어서
바람이 옷깃을 빚쟁이처럼 붙잡고 놓아주지 않았다

담벼락을 따라
숨어 다니던 날들

멱살잡이를 당하고
머리채가 붙잡혀 흔들리던 순간에도
나는 빚을 생각했다
빚이
언젠가는 빛으로 변하리라
막연한 꿈을 꾸곤 했다

나의 계절은 언제나 겨울이어서

추운 마음 판에

벽돌을 쌓고 못질을 했다

그 못을 뺀 자리마다 검버섯이 필 무렵

빚을 청산했다

살비듬인지

시멘트 분진인지

청춘을 저당 잡힌 티끌 같은 흔적의 한숨인지

훌훌 털어내고 서울을 떠나가던 날

진주 고속버스 터미널엔 봄이 기다리고 있었다

천국으로 가는 길목

노송을 본다

수백 년의 풍파를 견딘 나무는 여전히 같은 자세로 어린
아이 같은 가지를 뻗어내고 있다

사람들은 죄로 인해 천국을 갈 수 없지만
나무를 타고 천국으로 오르는
꿈을 꾸었다

노송의 가지는
천국으로 가는 길

두드리면 열릴 것이다

나는 천국 문 앞에 설 먼 훗날을 기약하며 아름드리 노송
의 줄기를 안아 본다

천국으로 가는 계단에 흩뿌려진

송진 냄새가 싸하다

숫돌

뭉텅한 쇠도
그와 대면하면 날 선 검이 되었다

무릎을 꿇고 갈면
안팎으로 지은 죄가 모조리 씻겨 나갔다
분노와 미움, 교만과 욕심은
그의 면을 스치는 순간
사랑이 되었다

모든 기도는 하늘로 올라가는 성질이 있다
회개의 면이 있다

사람들의 발에 치이고 외면을 당하는 돌 가운데
가장 희생을 한 숫돌,

자신을 내어준 이력이 움푹 닳아 있다

그 면에
마음을 맞대고 회개를 한다

갈고 갈은 나의 자아가
푸른 눈물로 고인다

산장山莊

나는 산장의 주인

겨울날 잣새들에게 방을 내주고 잣 몇 알 받는다

사슴에겐 숙박비로 맑은 눈빛을 받을 것이다

산토끼들이 방마다 숨어 살고
다람쥐가 벽난로 앞에서 도토리를 먹다가
꾸벅꾸벅 조는 한겨울
창밖엔
함박눈이 고요히 쌓이고
산장의 온기를 찾아오는 흰 발자국들이 샛길을 만든다

나는 산장의 주인

자정을 넘긴 손님들에겐
숲속의 추위를 피해 오느라 고생했으니

숙박비를 받지 않을 것이다

투숙한 눈망울들이
별빛처럼 반짝이는 밤
늑대와 노루가 등을 맞대고
깊은 잠이 들었다

흰 독수리를 기다리며

나는 토끼의 족속,
큰 눈과 큰 귀는 언제나 하늘을 향해 있다

검독수리가 지배하는 세상
사람들은 그 독수리를 어둠이라고 불렀다

이제나 저제나
흰 날개를 펼치고 날아올 빛의 독수리를 기다리며
겁쟁이 같은 세월을 보냈다

나는 한 번도 흰 독수리를 본 적이 없다
평생, 어둠에 쫓기며
검은 발톱을 피해 살았으니
작은 소리에도 깜짝 놀라 산야를 유랑했다

그래도 기다리는 이유는
내 마음이 흰빛으로 가득 찬 까닭이다

나의 눈과 귀가

하늘을 향해 있는 까닭이다

어둠에게

너는 밤이라는 이름을 가졌다

일을 멈추고 쉴 수 있는 시간
때론, 태양의 뒤편에서 살고 싶은 적이 있었다

그믐의 밤이 무서웠던 적은 지나갔다

일하다
왜 이리도 낮이 짧아졌나?
투덜거려도
너는 성큼, 곁으로 다가와 화내지 않았다

바람이 불었던가

때리고
부수고
악다구니를 쏟아내도

너는 밤의 이름답게 말없이 모든 사연을 품었다

숲속 감옥

사람을 가둔 숲속 감옥은
자유를 빼앗지 않는다

오히려 사람은
숲속에서 자유를 누린다

감옥을 만들고도
자유를 빼앗을 줄 모르는 숲,

숲속의 감옥만 오면
사람은 양팔 벌려 가슴을 펴고
신선한 바람을 들이마신다

사람들이 찾아오면
귀를 곤두세우며 반기는 나무들
산새도 즐겁게 지저귀니
숲속 감옥엔
자유가 넘쳐흐른다

세월

나의 걸음은
동쪽에서 시작되었다

시간은 나를 서쪽으로 밀어냈다
동쪽에서 태어난 나는
서쪽에서 눈을 감는다는 사실을 알았다

어둠 속의 방안에서 나는
잠꼬대하는 척
서쪽을 동쪽으로 차버리고 싶었다

한평생 세월을
한순간 거꾸로 돌려놓고 싶었다

이제 나는
황혼을 바라보는 나이,
기도의 줄을 목숨처럼 붙잡던 날은 갔다

느티나무를 붉게 물들이고

저물어가는 시간

나는 순한 양처럼

가만히 어둠을 받아들이기로 했다

음주 단속에 걸리다

어제 저녁에 내린 비가
땅을 검게 물들였다

술 한 잔 하고 잠이 들었다

하늘나라로 먼저 간 친구가
날 찾아왔다
공짜 술에 만취한 그 친구,
서둘러 하늘로 돌아가다가 음주 단속에 걸려 버렸다

꿈이었다

후―후―바람 소리가 들렸다
그 바람에서 소주 냄새가 싸하게 났다

우는 돌

물수제비를 뜨려고
동글납작한 돌멩이 하나 집어 들었다

돌멩이에서 미세한 온기가 느껴졌다

살아있는 돌인가, 생각하는 찰라
돌의 떨림이 전해졌다

말 못하는,
이 작은 돌멩이도 익사의 두려움을 아는지

그래, 죄 없는 돌이었다
장난으로 던진 돌에 맞아죽는 건
개구리만이 아니었다
돌멩이도 수장되는 일이었다

담방담방, 물수제비뜨는 소리만 마음속으로 남겨놓고

우는 돌을 주머니에 넣었다

자비의 언어가 둥글둥글했다

다이아몬드 반지

아내에게 선물한 반지를
햇살에 비춰 본다
태양이 뒷걸음질을 하다가
서쪽 하늘로 넘어진다

햇살을 압도하는
푸른 비취 빛

나무들이 놀라
몸을 흔들다 숨죽여 서 있고
새들도 날개를 접어
둥지에 가만히 깃들인다

젊은 한철,
결혼반지를 낀 그녀 앞에서
세상은 숨죽였었다

바위의 아픔

바위의 몸에서 앓는 소리가 난다

지난밤, 나무들이 추위에 울부짖을 때
바위도 몹시 앓았다

가슴팍에 귀를 대보니
가래 끓는 소리가 요란하다

등을 돌리고 모로 누운 바위 위로
두둥실 뜬 보름달은 약이 되건만
새가 앉아 꽁지를 들었다 놓았다
안부를 물어도
묵묵부답

저승꽃 핀 노모의 살갗같이
울퉁불퉁 결결마다 꽃으로 핀
아픈 세월의 바위

가만히

쓰다듬어 본다

거울

내가 웃지 않으면
거울 속의 당신도 웃지 않는다

이생과 저 생은 거울 한 장 차이

나의 웃음소리가 퍼져 고요히 당신에게 닿으면
그 파장이
당신의 이웃과 온 세상을 흔들 것이다

거울 속의 당신이 웃지 않으면
거울을 들여다보는 나도 웃지 않는다
어제의 나무도
오늘의 바람에 흔들리지 않는다

울음도 마찬가지,
사람들이 울고 있어
내가 우는 것

나는 거울을 보고 웃는 연습을 한다

내가 웃지 않아도
거울 속의 당신들은 웃었으면 한다

제3부

접착제

마음은 접착제였다

사랑하는 여인을 붙여 놓으면
떼어지지 않는다
떼어내려고 하면 할수록
슬픔이 된다

강물이 눈을 감으면 출렁이고
미워하는 사람도
마음 깊숙이 붙어 떠오르고 있다

돌아가신 사람들도
내 마음의 접착제를 떼어내지 못하고
끈끈하게 붙은 채로
모두 하늘 나라로 갔다

그날

나는 텃밭에서 아내와 씨를 뿌렸다

봄바람이 불었다
그 바람을 붙잡을 수 없었다

여름이 가고

가을날,
아내와 함께 텃밭의 작물을 거두었다
은행나무가 황금 잎을 떨구던 날이었다
그 아름다운 풍경을
나는 붙잡을 수 없었다

오랜 세월이 지났다
되돌아갈 수 없는 그날,

나는 홀로
그 텃밭을 쓸쓸히 바라보고 있다

거꾸로

나는 백 살로 태어나고 싶다

아흔의 나이로 숨바꼭질을 하고
땅거미가 지도록 골목길을 쏘다닐 것이다
늙은 소녀들의 사랑을 받으며
무럭무럭 자랄 것이다

여든엔 초등학교 친구들과 축구를 하고
음악학원, 미술학원도 다닐 것이다
첫사랑을 하고
군대를 가고
직장을 다니다가

일흔엔 결혼도 할 것이다
일흔의 아내가 낳은 아이와
오순도순 살아갈 것이다

예순엔 내 집 한 채 장만할 것이다

그 집에서

남은 인생 한 살이 될 때까지

행복하게 살아갈 것이다

어둠 속으로

지워지지 않는 어둠을
나는 사랑한다

더 짙은 어둠 속으로 옥죄인 영혼,
심해처럼 깊어져 가고 있다

내일의 사랑도
어둠속을 그리움으로 헤맬 것이다
어둠 없는 영광은
얼마나 지겨운가

손끝에서 지워진 아버지의 지문처럼
어둠은 어둠속으로 사라지고 있다
뒤를 돌아봐도
발자국 하나 남김이 없다

패널 같은 어둠이 쌓이면

지진이 와도

밤은 견고할 것이다

괘종시계가 힘들게 자정을 알린다

나는 어둠속으로 가고

어둠은 내 속으로 오고

질병이 하는 욕

투병을 하니
몸속 만 길 깊이의 질병이
육두문자의 불만을 털어놓았다
오랜 세월, 몸 안에서 풍족하게 누리다가
쫓겨날 땐
온갖 욕을 해대는 것이었다

왜 쫓아내느냐고
왜 못살게 하냐고
밤낮없이 하는 욕을 듣고서
나는 알게 되었다
앙상한 몸 안에 쌓인 그 악다구니가
상쾌함이 된다는 것을 말이다

밀물이 차오르듯
병이 목구멍까지 욕을 다시 쌓아 올렸다
그 욕의 힘을 받아

나는 팔 굽혀 펴기를 했다

치솟는 욕을 들을 때마다
분노하였지만
몸속의 질병이 쫓겨나가며 하는 욕이라
나는 콧노래를 불렀다

투병

나는 밤마다 투병의 시상식을 한다

손가락이 아파도 수상소감을 쓰고
단상을 오른다

시상식의 자금은
몸속에서 솟아나고 있으니,

두통이 오고
목이 아플 때마다
도움의 손길을 요청하기도 하지만
투병의 시상식을
단 하루 빠뜨린 적이 없다

투병을 종식시키려고
병원에 가지만
바닥날 듯하다가

다시금 몸속에 쌓이는 고질痼疾,

매일 밤
나는 투병의 꽃다발을 받는다

고장난 인생

칭찬 고장
겸손 고장
선행 고장
사랑 고장

인생이 작동되지 않는다

나는 고장 난 생을 고치려고 집을 나섰다

갈 곳 없어 두리번거리는 길
하염없이
눈물이 흘러내렸다

손

들녘을 향해 손을 흔든다

바람아
햇살아
세월아

안녕

이 어딘가를 떠돌고 있을,

나의 연인도

안녕

밤의 무게

밤이다
나는 어둠을 주워 먹는다

외로움은 죽순같이 몸속에서 자라나고
기다림은 포도처럼 까맣게 익어간다

낚싯바늘에 걸려 날뛰는 물고기처럼
어둠은 멈추지 않는다

힘찬 확장력,

밤은 우주의 힘으로 대지를 덮지만
억누른 적이 없다

어둠을 저울 위에 올려 본다

이 밤의 무게는

0

까마귀 방생

까마귀 한 마리를
내 마음속 새장에 가두고
기쁜 소식을 듣고서 울게 했다

나의 노력으로
까마귀는 좋은 징조만 울음으로 알려주었다

어느 날은 밤새
사랑한다는 소리를 듣고 울도록 했다

사랑해, 사랑해

싸락눈이 내리는 날
한 무리의 까마귀가 기쁜 소식을 전하며 날아왔다

나는 까마귀를 날려주었다

사랑의 거리

그대가 떠나간 뒤
등이 가렵다

팔을 뻗어도 닿지 않는 자리

가려움은 불길처럼 타오르고
등을 긁어주던 손이 그립다

그대가 있다면
가려움은 봄눈처럼 녹아내렸을 것이다

사랑은
스스럼없이 시원하게 해주는 것

그대가 등을 긁어줄 때면
여름날 숲속의 바람을 잊어버리곤 했다

등엔

손 뻗어도 닿지 않는

사랑이 있다

슬픔을 나누다

나무는 키가 크고
나는 작았다

산길을 힘겹게 걸어 올라온 이야기를
푸념하듯
나무에게 들려주었다

나무는 영하 20도의 겨울날 헐벗은 이야기와
여름날 태풍에 잔가지가 꺾이고
줄기가 휘어진 이야기를 들려주었다

나도 울먹이며
헤어진 여자 이야기를 하였다

그 말을 듣던 나무가
빈 그루터기를 물끄러미 내려다보았다

우리는 슬픔을 나누었다

사랑의 세금

나는 하늘나라에 세금을 납부하고 있다

어릴 적부터 하늘을 바라보며
나의 마음을 바쳤다

한 푼도 빠짐없이 세금을 내지만
자랑스러운 납세자로
소개된 적이 없다

밤이면
세금으로 바친 마음들이
별이 되어 반짝거렸다

하늘나라의 재정은
밑바닥을 드러내지 않는다

밤하늘을 올려다보며 산길을 걷다가

그 나라에 계신

나의 어머니를 떠올렸다

아름다움

이것은
소리로 읽을 수 없다

어머니가 한 땀 한 땀 정성껏 수놓던 꽃,
아직도 눈에 선하지만
소리 내어 읽어보지 못했다

바람이 강물 위에 쓰는 언어를
따라 쓸 수 없듯
수첩에 끼워둔 사진처럼 꺼내
보여줄 수 없듯
아름다움은 소리 내어 읽을 수 없는 것이다
단지 마음속 깊이 새겨놓을 뿐,

아름다움은
그 자체로 꽃을 피운다

종이 상자

눈물을 주워
종이 상자에 담는다
상자가 눈물에 젖어 찢어진다

고통을 주워
종이 상자에 담는다
상자가 통증으로 찌그러진다

사랑을 주워
종이 상자에 담는다
네모난 상자가
사랑으로 둥글어진다

제4부

오늘의 오늘

아침에 눈을 뜨면 변함없는 오늘이다

노을을 따라
어둠속으로 사라진 오늘

나는 이 순간을 벗어날 수 없다

어제와 내일이 존재한 적은 있었던가

마음은 늙지 않은데
주름이 지는 건 오늘의 역사

많은 일이 일어났건만
부서지거나 사라지지 않는 오늘의 오늘
여전히 반가운 사람들과
여전히 피고 지는 꽃들과
여전히 바쁘게 움직이는 오늘의 굴레여

오늘은

오늘을 짊어지고

오늘을 굴리고 있다

내일도 오늘이다

계약제

계절이 계약제로 왔으면 좋겠다

일 년 내내 봄날로 지내다가
첫눈이 그리운 날

일주일쯤 겨울을 계약해서
눈길 속을 거닐고 싶다

연휴 땐
여름 해변의 눈부신 모래밭을 거닐고
파도 소리를 들을 것이다

어떤 계절을 계약할까, 망설이다가
마음속의 단풍 따라
가을 산길을 걸어간다

계약제는 오직 계절에게만,

근로자에겐 적용되지 않았으면 한다

계절은

가을은 다가오는 것이 아니다
보이지 않는 곳으로 떠나는 것이다

붉은 잎에도
쓸쓸함을 남기며 떠나는 가을,

여름은 이미 떠났다

가을날이
보이지 않는 곳으로 떠날 적엔
나무는 잎새를 떨구고
바람 끝은 몹시도 차가워진다

황량해지는 들녘,

계절과 계절 사이엔
다툼이 없고

보이지 않는 곳으로 떠나는 중이다

가을이 어디론가 떠나고
겨울도 눈보라를 일구며 떠나갈 때

멀리,
나뭇가지마다 꽃봉오리 맺히는 소리가 들린다

가을의 일기

가을은
지난 가을을 기억하며 익어 간다

나무와 꽃도
가을의 쓸쓸함을 겉옷으로 삼고
붉게 혹은,
바스락거리며 타오를 날을
차분히 준비한다

가을의 노래는
그래서 고독할 수밖에 없다

두려움 없이,

단풍나무는 단풍나무대로
은행나무는 은행나무대로

슬픔을 온전히
일기로 써내려 가고 있다

고독한 노래조차 부를 수 없는
슬픈 늦가을이다

색바람

여름 끝자락,
이른 가을에 부는 선선한 바람을
색바람이라고 부른다

나는 산꼭대기에서 내려오는 단풍을 보았다

그리하여 가을은
위에서 아래로 향한다는 걸 알았다

색바람이
여름의 불볕을 지워주지 않았더라면
땅 위 불더위는 끓고
매미울음은 그치지 않았을 것이다

색바람이
더위를 지우며 가을을 부르고 있다

주객전도

어릴 적 놀던 우리 산으로 갔다
나무들이 한 아름 터를 잡고 있었다
내가 이 산의 주인인데,

참나무 소나무 갈매나무들은
나를 본체만체 하였다

동백나무도 주인허락 없이
만발한 꽃 가게를 차려놓았다
남해의 고향 앞바다,
그 풍광을 즐기며
나무들만 호사를 누리고 있었다

나 여기 터 잡고 살겠다, 으름장을 놓았지만
나무들은 들은 척도 하지 않았다

상리相離

달빛이 창문을 넘어와 소중한 것을 훔쳐 갔다

황홀한 도둑

당신과 떨어져 지낸 날도

벌써 십 수 년,

귀뚜리는 내 마음을 알까

상리*의 밤하늘은 이리도 황홀한데

---

*   경남 고성군 상리면 소재의 마을.

골바람

상어 떼가 지나갔는지
숲속 나무들이 소스라치고 있다
나무 사이로 쏘다니는 상어
본 적은 없지만
나무들은 상어를 기억하고 있다

어느 날,
나뭇가지 하나를 물어뜯어
땅에 떨어뜨려놓은 것을 보았다
숲속 심해,
상어가 쏘다닐 적마다
푸른 물결이 넘실거렸다

상어 떼가 숲을 헤치며 솟구치는 사이
새들은 비명을 지르며 날아오르고
다시금 숲속으로 날아들 때면
상어의 존재를 확인하듯
공중을 맴돌다가 내려앉았다

소중한 선물

나무가 흔들린다
여름 내내 풀지 못한 갈등이 있다

하늘 속으로 가지를 뻗어 보지만
심란한 마음만 더해간다

이젠 미련 없이 보내야 할 때다

냉정하게 떠나는 잎들
낙엽으로 쌓여 가을을 이루고 있다
여름 내내 풀지 못한 갈등들이
한 잎 두 잎 풀어지고 있다

앙상한 가지만 남은 계절

그 갈등들이
거름이라는 소중한 선물이었음을
나무는 뒤늦게 알았다

낙동강

가을날이
강물을 헤엄쳐 내려온다

다리 위에서
강바람을 맞으며 지나가는 사람들과
경적을 울리는 자동차들로
연신 출렁거리는 물결

강물은 가을빛으로 붉게 물들었지만
차창 밖으로 손을 흔들어 주는
사람 하나 없다

달성 합천의 산야가
소나기같이 줄기차게 물들어가는 가을
강물은 휘돌아 흐르고

나는 사랑하는 여인과 함께
붉은 낙동강을 오래 바라보고 있다

짐꾼

봄날,
봇짐을 나르는
짐꾼이 되고 싶다

봄바람은
나뭇가지에 부려주고
꽃향기는
강물 위에 실어 주리라

산새 노래는
가까운 곳에 내려놓고
사람들의 귀를
사방으로 흩어놓게 하리라

머리에 이고
등에 지고

봄을 부지런히 나르며 살아도
나는 힘들지 않을 것이다

비록 초라한 짐꾼이지만
그 짐을 받은 이들이 행복해진다면
나도 행복할 것이다

봄 출판사

꽃 피고
새들이 노래하는

봄 출판사에서
시집을 내고 싶다

봄 출판사의
독자는 산길마다 넘쳐나고 있다

꽃 피고 새 노래하는
나의 시

봄 출판사에서
시집을 내고 싶다

봄비로 내리는 시속에서
매일 피어나는 꽃들

봄 출판사에서
시집을 내고 싶다

봄, 그리고 여름 가을 겨울
출판사는 많지만

이 봄날,

봄 출판사에서
시집을 내고 싶다

봄 대학

봄 대학에 입학해
봄 학기를 보내고 있다

어느덧
진달래와 개나리는 시들었지만

김밥 한 줄
생수 한 병을 가방에 챙겨
새들이 노래하는 교실에서
꽃 한 송이 빠뜨리지 않고
향기를 익히는 중이다

입학금이 없는
봄 대학

주소는 뒷동산이다

동양화

고향 앞바다 절벽 위에서
소나무 한 그루가 세월을 낚고 있다

아찔한 높이를 두려워하지 않고
바다 속을 물끄러미 들여다본다

저녁노을 지는 바다
금빛 물고기가 수면 위로 올라 파닥거려도
노송은 그저 바라볼 뿐이다

할아버지의 할아버지의 할아버지
그 오랜 세대의 세월을 버티며
홀로 낚시를 하고 있다

세월을 낚는
저 외로운 늙은 소나무,

한 번도 경매에 나오지 않는다

어떤 사랑

당신과 함께 집을 나섰다
거리엔 저마다 사랑의 꽃을 피우고 있었다

나는 당신을 남겨두고
웃음꽃을 피우는 자리로 갔다
그곳엔 다들
향기를 머금은 사랑을 하고 있었다

사랑이
사랑을 떠난
그런 사랑도 있었다

나는 발길을 돌렸다
당신이 보이지 않았다

사랑하는 사람이 떠나고 없는 자리

내 슬픈 사랑 자리

해설 · 시인의 말

거꾸로 시학

안미영(문학평론가)

1. 돌멩이의 언어

나는 돌멩이다. 왜 하필 돌멩이일까. 돌멩이의 이야기는 서울에서 시작된다. 나에게 서울은 겨울로 기억된다. 서울에서는 빚을 지고 막노동을 했다. 살비듬이 시멘트 분진으로 청춘을 저당잡힌 시간을 보냈다. '빚'이 언젠가 '빛'으로 변하리라 막연히 꿈꾸었지만, 그 계절은 언제나 추운 겨울로 남아있다. 먹살잡이를 당하고 머리채가 붙잡혀 흔들렸다. 추운 마음 판에 벽돌을 쌓고 못질을 했다.(「진주 터미널에서」) 서울에서는 발에 치이고 외면 당해 닳디 닳은 돌이 되었다. 삶의 고초에서 깎이고 깎여서 날선 검이 되었다.

> 뭉텅한 쇠도
> 그와 대면하면 날 선 검이 되었다

무릎을 꿇고 갈면
안팎으로 지은 죄가 모조리 씻겨 나갔다
분노와 미움, 교만과 욕심은
그의 면을 스치는 순간
사랑이 되었다

모든 기도는 하늘로 올라가는 성질이 있다
회개의 면이 있다

사람들의 발에 치이고 외면을 당하는 돌 가운데
가장 희생을 한 숫돌,

자신을 내어준 이력이 움푹 닳아 있다

그 면에
마음을 맞대고 회개를 한다

갈고 갈은 나의 자아가
푸른 눈물로 고인다

-「숫돌」전문

숫돌은 칼 등을 갈아서 날을 세우는 데 쓰는 돌이다. 돌멩이로 치여 살면서도 '자신을 내어준' 까닭에 숫돌이 되었다.

나에게 다가온 타자를 위해 나는 기꺼이 내 몸을 내어준다. 분노, 미움, 교만, 욕심은 돌멩이와 닿는 순간 '사랑'이 되었다. 외면을 당하면서도 희생했고, 자신을 내어주면서 맞대어 회개했다. 갈고 갈은 자아는 푸른 눈물을 흘린다. 돌멩이는 시인이 도달한 경지이다. 돌멩이는 살아 있었다. 살아서 떨고 있으며 미세한 온기를 지닌다. 우는 돌멩이는 시인의 분신이다. 나는 돌의 울음을 감지하고 다음과 같은 자비의 언어를 남긴다.

물수제비를 뜨려고
동글납작한 돌멩이 하나 집어 들었다

돌멩이에서 미세한 온기가 느껴졌다

살아있는 돌인가, 생각하는 찰라
돌의 떨림이 전해졌다

말 못하는,
이 작은 돌멩이도 익사의 두려움을 아는지

그래, 죄 없는 돌이었다
장난으로 던진 돌에 맞아죽는 건
개구리만이 아니었다

돌멩이도 수장되는 일이었다

담방담방, 물수제비뜨는 소리만 마음속으로 남겨놓고
우는 돌을 주머니에 넣었다

자비의 언어가 둥글둥글했다

-「우는 돌」 전문

자비의 언어는 말이 아니라 행동으로 구현된다. 그것은
'꽃'을 피워내는 행위이다. 돌멩이가 닳고 닳아 모래가 되는
날까지, 모래가 밀리고 또 쓸려서 모래꽃이 되는 일련의 행
위에서 자비가 실현된다. "바람이 강물 위에 쓰는 언어"처럼
그것은 "소리 내어 읽을 수" 있는 언어가 아니다.(「아름다움」)
"수만 번 파도의 고통으로 피어나는 모래 꽃밭"은 읽을 수
있는 것이 아니라 보고 실행하는 것이다.

바다에 썰물이 진다

수만 번 파도의 고통으로
피어나는 모래 꽃밭

파도는 망망대해 신명을 뒤따르며
다시 밀물져 오고

만발하던 꽃들은 시들어 간다

그대와 함께 거닐던 발자국도
모두 지워진 사이

눈먼 벌들이
모래 꽃밭으로 날아 간다

나는 해변에 앉아
젖지 않은 모래 꽃잎 한 송이를 움켜 쥔다

저 멀리,
파도가 밀려오고 있다

-「양봉 일지15-모래 꽃」 전문

　나는 "젖지 않은 모래 꽃잎 한 송이를 움켜 쥔다" '꽃'을 피
우고 지고, 다시 피우기 위해 바다에 있는 수많은 모래의 고
통을 헤아린다. 밀물과 썰물처럼 오고 간 흔적들이 사라진
해변에서 파도를 바라본다. 돌멩이는 울었지만, 모래는 젖
을 뿐 울지 않는다. 울지 않고 꽃을 피운다. 파도가 다시 꽃
을 시들게 할지라도, 다시 지워진 자리에 모래 꽃을 피운다.
자비의 언어는 읽는 것이 아니라 온몸으로 실천하는 것이
다. 그것을 나는 '아름다움'이라 명명한다.(「아름다움」)

2. 돌멩이의 대학과 강의

서울을 떠날 때 나는 봄을 맞이한다. 매해 찾아오는 봄은 '대학'이고, 배우고 익힌 것을 표현해 주는 '출판사'이다. 문명과 사회가 가르쳐준 지식, 안겨준 상처 대신 나는 자연의 가르침을 받는다. 숲속에서 나무와 새가 만드는 자유를 느낀다. 숲속은 자유를 빼앗지 않는다. 나는 어둠을 받아들인다. 나무와 달빛을 벗 삼아 평안을 찾는다. 숲속에 몰아닥치는 바람도 나를 찾는 또 다른 손님이다. 때때로 거친 바람은 상어 떼가 되어 숲속의 나뭇가지를 물어뜯고 가지만, 나는 어둠을 사랑하며 생(生)의 지평을 넓혀나간다. 견고한 밤이 주는 어둠의 영광을 느끼며 어둠과 하나가 된다. "나는 어둠 속으로 가고 어둠은 내 속으로 오고"(「어둠 속으로」)

밤이다
나는 어둠을 주워 먹는다

외로움은 죽순같이 몸속에서 자라나고
기다림은 포도처럼 까맣게 익어간다

낚싯바늘에 걸려 날뛰는 물고기처럼
어둠은 멈추지 않는다

힘찬 확장력,

밤은 우주의 힘으로 대지를 덮지만
억누른 적이 없다

어둠을 저울 위에 올려 본다

이 밤의 무게는

0

–「밤의 무게」전문

밤은 무게를 가지지 않지만 힘찬 확장력으로 세상을 뒤덮
는다. 대지를 덮지만 짓누르지 않는다. 나는 어둠을 주워 먹
으며 기다림을 배운다. 가까이 있는 이웃과 공동체를 알아
나간다. 주변에 있는 모든 것들이 귀하고 사랑스럽다. 나의
그림자, 노송, 바람, 새, 돌멩이, 모두가 이웃이며 함께 살아
가는 공동체이다. 나무들의 푸른 행진을 보며, 숲속의 비밀
을 엿보기도 한다. 나무와 슬픔을 나누며 삶의 고단함을 공
유한다. 나무는 영하 20도의 겨울날 헐벗었던 이야기, 여름
태풍에 잔가지가 꺾이고 줄기가 휘어진 이야기를 들려준다.
나는 헤어진 여자 이야기를 들려주었다.

나무는 키가 크고
나는 작았다

산길을 힘겹게 걸어 올라온 이야기를
푸념하듯
나무에게 들려주었다

나무는 영하 20도의 겨울날 헐벗은 이야기와
여름날 태풍에 잔가지가 꺾이고
줄기가 휘어진 이야기를 들려주었다

나도 울먹이며
헤어진 여자 이야기를 하였다

그 말을 듣던 나무가
빈 그루터기를 물끄러미 내려다보았다

우리는 슬픔을 나누었다

　　　　　　　　　　　-「슬픔을 나누다」 전문

'늙은 소나무'는 할아버지의 할아버지의 할아버지이다. 그
가 들려주는 세월의 지혜를 온몸으로 느끼며 저녁노을 지
는 절벽을 바라본다. 자연이 아닌 '사람'을 생각하면 슬픔이

소록소록 올라온다. '사랑하는 여인', '미워하는 사람', '돌아가신 사람들'이 모두 상처로 내 안에 남아있다. 자연은 계절이 바뀌듯이 가야 할 것들, 보내야 할 것들을 보내야 한다고 알려준다. 나의 학교에서는 보냄과 동시에 새로운 계절을 맞이하고 새롭게 찾아오는 것들을 반긴다. 가을은 도움이 필요한 계절이다. 허허롭고 쓸쓸한 가을날에는 누군가에게 편지를 쓴다. 가을이 떠나고 겨울도 눈보라를 일구며 떠날 때 멀리 나뭇가지에서 꽃봉오리 맺히는 소리를 듣는다.

나는 산속에서 벌치기 하나로 사십여 년 외길인생을 걸으며 "벌들과 함께 꿀을 따서 완성한 표절 한 자 없는" "꿀벌박사 논문"을 썼다. 꽃피는 봄날, 지도교수인 "햇살과 바람"이 박사 학위를 수여한다.(「양봉 일지10-박사 학위」) 박사 학위를 받고 나는 '교수'가 아니라 '짐꾼'이 된다. 교수는 밀폐된 강의실에서 자기 이야기를 전달하지만, 나는 넓은 벌판에서 생명을 전달한다. 만물이 생기를 뿜어내는 봄날, 나는 봄바람을 나뭇가지에 불려주고 꽃향기는 강물 위에 실어 준다. 산새 노래는 가까운 곳에 내려놓고 사람들의 귀를 사방으로 흩어놓아 준다. 나는 머리와 등에 짐을 이고 지면서 행복이라는 보수를 받으며 강의 경력을 쌓아나간다.

봄날,
봇짐을 나르는
짐꾼이 되고 싶다

봄바람은
나뭇가지에 부려주고
꽃향기는
강물 위에 실어 주리라

산새 노래는
가까운 곳에 내려놓고
사람들의 귀를
사방으로 흩어놓게 하리라

머리에 이고
등에 지고

봄을 부지런히 나르며 살아도
나는 힘들지 않을 것이다

비록 초라한 짐꾼이지만
그 짐을 받은 이들이 행복해진다면
나도 행복할 것이다

－「짐꾼」 전문

봄바람이 꽃향기와 살아 있는 것들을 실어 나르듯, 나도
초라한 짐꾼이 되어 봄을 부지런히 실어나르며 짐을 받은

이들의 행복을 기원한다. 나에게 도심은 산속이다. 산속 번화가에서 꽃산을 날아오르는 바쁜 벌들을 만난다. 안방처럼 넓적한 바위에서 이름 모를 꽃을 응대한다. 그곳에서 커피가 아닌 샘물을 마시며, 각성이 아니라 황홀한 미소를 머금는다. 나는 벌을 치며, 봄의 대학을 졸업하고 봄의 강단에서 강의한다.

3. 거꾸로 시학

나는 봄의 대학을 졸업했지만, 기실 배움은 겨울의 도심에서부터 시작되었다. 나는 서울의 도심에서 절차탁마의 노동으로 자비의 언어를 익혀나갔다. 숫돌이 되어 푸른 눈물을 흘리고 자비의 언어는 말하는 것이 아니라 행동으로 보여주는 것임을 터득했다. 이제 나는 문명의 시간을 거슬러 세상을 본다. 거꾸로 볼 때 세상은 새롭다. 죽음과 삶, 늙음과 젊음, 성장과 노화, 행복과 슬픔은 삶을 채우는 다른 형태이다. 삶에 내재한 생명의 공평성을 고려할 때 시작과 끝, 처음과 마지막의 구분은 무의미하다. 시작이 끝이 될 수 있고 마지막이 처음이 될 수 있다. 생명의 자장에서 차등은 없다. 차등과 구분은 문명의 언어이다. 나는 문명 이전의, 아니 문명을 넘어선 시각으로 생명을 사유한다.

나는 백 살로 태어나고 싶다

아흔의 나이로 숨바꼭질을 하고
땅거미가 지도록 골목길을 쏘다닐 것이다
늙은 소녀들의 사랑을 받으며
무럭무럭 자랄 것이다

여든엔 초등학교 친구들과 축구를 하고
음악학원, 미술학원도 다닐 것이다
첫사랑을 하고
군대를 가고
직장을 다니다가

일흔엔 결혼도 할 것이다
일흔의 아내가 낳은 아이와
오순도순 살아갈 것이다

예순엔 내 집 한 채 장만할 것이다
그 집에서
남은 인생 한 살이 될 때까지
행복하게 살아갈 것이다

-「거꾸로」전문

백 살부터 시작해서 한 살이 될 때까지 살아간다. 백 살에 태어나고 아흔에는 무럭무럭 자라서 여든에는 초등학교에 간다. 첫사랑, 군대, 직장을 다니고 일흔에는 결혼도 하고 아이를 낳을 것이다. 예순에 내 집을 장만하여 한 살이 될 때까지 행복하게 살 것이다. 거꾸로 보기 시작하면 삶이 달라진다. '질병'은 나를 찾아오는 또 다른 동무이다. 내가 살아 있음을 절감케 하는 오래된 동무임을 알게 된다. 나는 동무에게 불만을 토로하고 욕을 퍼붓는데, 어느새 악다구니는 상쾌함과 콧노래로 화한다.

투병을 하니
몸속 만 길 깊이의 질병이
육두문자의 불만을 털어놓았다
오랜 세월, 몸 안에서 풍족하게 누리다가
쫓겨날 땐
온갖 욕을 해대는 것이었다

왜 쫓아내느냐고
왜 못살게 하냐고
밤낮없이 하는 욕을 듣고서
나는 알게 되었다
앙상한 몸 안에 쌓인 그 악다구니가
상쾌함이 된다는 것을 말이다

밀물이 차오르듯
병이 목구멍까지 욕을 다시 쌓아 올렸다
그 욕의 힘을 받아
나는 팔 굽혀 펴기를 했다

치솟는 욕을 들을 때마다
분노하였지만
몸속의 질병이 쫓겨나가며 하는 욕이라
나는 콧노래를 불렀다

-「질병이 하는 욕」 전문

거꾸로의 시학에서 '고장'은 쓸모없음이 아니라 인생의 '완성'이다. '투병'은 살아온 내 삶의 '시상식'이다. 나는 매일 밤 단상에 올라 투병의 꽃다발을 받는다. 고장의 경지에 이르면 칭찬, 겸손, 선행, 사랑 일련의 것들이 필요 없다. 이미 완성의 경지에 접어들었으므로, 더 이상의 수고로움이 필요 없다. 우리 모두는 언젠가 '고장'의 경지에 이를 것이다. (「고장난 인생」)

나는 밤마다 투병의 시상식을 한다

손가락이 아파도 수상 소감을 쓰고
단상을 오른다

시상식의 자금은
몸속에서 솟아나고 있으니,

두통이 오고
목이 아플 때마다
도움의 손길을 요청하기도 하지만
투병의 시상식을
단 하루 빠뜨린 적이 없다

투병을 종식시키려고
병원에 가지만
바닥날 듯하다가
다시금 몸속에 쌓이는 고질痼疾,

매일 밤
나는 투병의 꽃다발을 받는다

-「투병」전문

거꾸로의 세상에서 삶의 시작은 '땅'이 아니라 '하늘'이다.
나는 그동안 하늘나라에 세금을 납부하고 있었음을 알게
된다. 내가 바친 세금이 맑은 별이 되어 하늘에서 반짝인다.
하늘나라, 자연이라는 정부가 징수하는 세금은 화폐와 같은
물질이 아니라 '사랑'이다. 그것은 마음속 깊이 새겨져서 전

달될 뿐 문명의 언어로 번역하기 어렵다. 나는 내 주변의 것들을 귀히 여기고 함부로 하지 않는 마음을 납부하고 있다. 밤하늘을 올려다보며 산길을 걸을 때 하늘나라에 계신 어머니가 떠오른다 (「사랑의 세금」) 어머니는 자연이 징수하는 세금을 온몸으로 납부하면서, 돌멩이가 터득한 자비의 언어를 이미 구현해 내셨던 것이다.

시인의 말

  나는 시를 따라간 것이 아니었다. 시가 이끄는 데로 따라
갔을 뿐이다.

2021년 세밑
고성 상리 수태산 기슭에서
이종만

실천문학 시인선 050
양봉 일지

2021년 12월 31일 1판 1쇄 인쇄
2021년 12월 31일 1판 1쇄 펴냄

지은이　　　이종만
펴낸이　　　윤한룡
편집　　　　박은영
디자인　　　윤려하
관리·영업　　이소연

펴낸곳　　　(주)실천문학
등록　　　　10-1221호(1995.10.26)
주소　　　　남양주시 퇴계원읍 퇴계원로 52 405호
전화　　　　02-322-2161~3
팩스　　　　02-322-2166
홈페이지　　www.silcheon.com

ⓒ 이종만, 2021

ISBN 978-89-392-3100-9 03810

이 책은 경남문화예술진흥원의 문화예술지원을 보조받아 발간 되었습니다.